ぴくにっく・ゑ

装本　倉本　修

歌集　ぴくにっく

すぺくとらむ・やま

重力

重力の所爲としか山獨活の消えてきれいに縫ひあはされて

これの地のまさしき裏ゆ曳くものの勁きのあ
るはおもひつゝいま

獨活なんてきらひでせう亞爾然丁《アルゼンチン》のあなたア
ルベルト引きぬかないで

しゅぱっしゅぱっ

すみれ摘みてきぬどの邊りととへば瓦斯ぼむ
べの下あたりと

椅子の背にさつと懸けられてありしはいま草
刈りてゐるひとの服

ソーダ水爆ぜてちひさきみづたまは上へ上へ
とのぼる

みづたま

然ほどなるりいうはなきにそそりをる炭酸水
製造機いすらえるの

置きかへむと場所をたがへて措かれありし鉢
植ゑのいまは奥のはう

きれいなてふてふは來てたわよとひと呼ぶや
うに云ひしわれはも

テラス越えてゆくてふてふのおとなりの家へ
とわたり其處ぱれすちな

向かつ家のひと

アルミニウムいろするものの陽のなかを干されてありし煌々しかる

家居して晝下がりふかくねむりをる消防士らし明け番ならむ

俄雨。窓をあけるとむうぅーんと香ひたつなる土なるそれの

照り翳りするやまあひをゐて爲なる經讀み鳥
ののんどのレスン

此の夏の虻のすくなさ、たぶん腐亂するもの
の少なきにフクシマの

大きなるゆふがほとほかに小さなるゆふがほ
措かれ店棚のうへ

もひながら擇るはいづれと、なにとなくちひ
さなるゆふがほのはうを

ぶらんぶろんぶろんぶらんとゆれながら風に
さからはずちからをぬいて

小さきと大きとゆるるゆふがほの搖れあひな
がら午后のしきなみ

往くうちに知ることとなる經緯《いきさつ》の　なむばあぷれえとに見覺えのある

手鞠鮨賣り切れにつきなにを爲出來すかわからない狂へるひとは

ゆるやかなる坂は下りつつ茱萸の木はすつく
と立てり中程にすつくと

かの家のひとは伊太利亞人らしいにほんのひとおもふけど

茱萸の木に見え隠れして向かつ家の門札に書
かれあるいたりあ語

石塀をトリコロールのフラッグに塗り替へる
らし。さなかを雨が

ま對へるかの隣人は見るいめの　さんた・ま
りあ・のゔぇっら薬局*のいめ

*世界最古の薬局

遠く棟梁のはたらく聲は聞こえつゝ恍惚とし
て山の三角點あたり

手荒れに能く利くてふさんた・まりあ・のゞ
ぇっらのれもんくりいむ

無理矢理ゆびにおしひらいてみてもほたるぶ
くろのなかなんて空つぽ

くぅぷらん

ちひさかる船着き場なる兩膝をついて水見る
ひと一人、われ

水頒きておよぐおさかな穿ちつゝ前へとすすむ鑛夫のやうな

おさかなのちからを感ずみづのおもて持ちあげながらおよぐおさかな

遊泳禁止の立て札はありおほ沼の畔をかれてすぐなる處

おもふほどには冷たくはない水の、落ちない
やうにふかくしやがんで

日曜日くらぶさんに彈くおんがくの山のらぢ
おに響りいでたりし

ふらんそわ・くうぷらんの〈葦〉佳きをくち
にするもたれにいふともなきに

丁度ひとの肩幅ほどの徑あるを踏みにつゝゆ
ふはほとりをゆきぬ

指尖につんと彈きしものの實の　ぬすびとは
ぎとゐのこづちと

つゆしもの秋の的なる黑星の　撃ち拔かむべ
くゆびのトリガー

鈴生りのもの其處をあればそれなりに鈴は鳴
らせとなにかのちから

銀河系界隈

三和峠超えて直ぐなる秋の夜を傾りにそひて
燈るあかりは

耳にして　ふいに〝聖夜みたい〟といふ聲の
あゝこれはわれ　のこゑ

矩形

寄りあへるひとら視えつゝ室內燈いまはかがやきをる窓のなか

明るかる矩形といふもしきやみの黑々とせし
やまのなかなる

雨戸といふ雨戸鎖してぬばたまのブラックの
家となりにけらしも

すでに消えをりしあかりの　道を隔て空けら
れありしかの家の窓

見上ぐればおし照れり山なりの曲線ゑがき
わたし其處にとぶ

有り體にいふと塊《くわい》なりし〈あだまんと〉の星
の縁に片足を懸く

然はれあのフィラエ*のやうにはいかない不器
用なるにんげんの足

*彗星探査機ロゼッタ搭載の着陸機フィラエ

大霜の星口中にはふり込みいま頬張るに
あゝ凍えさう

舌にさはる星の中りの冷え冷えとはつか毒性
はとけいでにつゝ

砕けざる一つ星なる方《はう》角《がく》の、がりがりと奥歯
噛み締めても

落葉松の木の天邊をかがやけるぽらりすを巻
くあるみふぉいる

春頃のやくそくはして水抜き栓とほかのあや
ふかるもののすべてに

すぺくとらむ・まや

ぎぷそふぃら

蟲のねと犬の啼聲とかすかに聞こゆ　めとろ
ぽりたんてれゞぃの奥に

吹き降りをうつす畫面のなかを往くひとのい
まをし畫面を出づる

たいふーん過ぎてきれいなアヲゾラのなかを
ぬきてにおよげるものの

おはなをと言ひさして莁びをるなかを手にする一桶なりし

もう枯れしはなと枯れかかれるはなと在りしを花入れのなか

墓石のま裏ゆ伸びて延びにつゝ石を絡まる葛に　ないす！

花筒は奇麗に爲なきや底をのこる少しくされ
みづ砂利に吸はせて

二つ花入れのおのおのに插す花束の　あひ支
ふるやう二つはなたば

アーチゐがける目の動き空間に二つ花束のあ
ひ觸れざりて

かあいいわねえ消《け》やすかるぎぷそふぃら*も白
いけむりのやうだし

*かすみ草屬

ぱぱまま來ましたよせかいは晴天にて颱風あ
けにする深呼吸

再び

暮れ方はせし曾話なる 〝白菊はありませんか〟
〝白のぽむぽむ菊なら〟

色々ないろになる花桶の　ひといろの白のは
なたばのわたしは好き

ぽむぽむ菊しづかに沈め水をはりし金盥のな
か朝までの時間

いさえぎるものとてなく吹き晒しなる此處は
すこぶる高臺にて

はるには復たきますからと言ひおいて其處ゆ
去にしもあてどなきに

ぱぱのおしつこがながいはやくきれてともふ
あけがたのときの閒なりし

ぱぱはせし豫ておしつこ見霽らしのすこぶる
よかるほらこの邊り

ぱぱとままのお骨はありし此處なりし憂ひは
なきにあらせられて

明るいでせう隙間ややあけておきましたから
あかるいでせう

*

やはらかな礫のやうに措かれあるティッシュ
なるかろくまろめられて

ぴんくいろのてぃっしゅにつくる薔薇なりし
ママンの作《さ》業《げふ》のその死のまへの

すぺくとらむ・や

朝の訪問

朝はきていまからゆくところロビーをある水
槽まへのまだまにあふかしら

らるふ・えるの長柄の傘と二三の書類持ち來
たる朝はふみづき

踏み入るとさつと開ける自動ドアの向かうあ
かねさす２０１のドアを鳴らして

水槽のなかをただよふくまのみに目を遣りながら在りしします。らく

又悪い癖いでて知らないふりとか。やだやだ
やまだうどんの素揚げ

見つゝゐてうしろすがたを何となく肖るひと
ともひひとをたがへる

*

川縁を立つマンションのやはらかい伸縮のあ
れは今をする息

途中だちゅらのだらしなく垂るるは見えて日
活撮影所ありし道沿ひの

かさねがさね言ふなり屋根の所爲にはしない

で と みほこさんに

あるむすふぁみり

みほこさんのあやぶむ聲に若しかしてともひ
ぬ然うもしかして

せんばづる折りませうねみよこさんのための
一つ二つ後はつづけて

よりこさんとみほこさんの間柄なんて當座し
のぎにありけるを

みよこさんとよりこさんと姉妹なりてそのと
もがらのみほこさん　なる

みよこさんよりこさんそれに兄の加はればな
んとあるむすふぁみり

ふたりなる姉妹と先達てる兄と　まあいいそ
んなの抛げて抛げて

つきあげてくる球あると言ひ張れるみほこさ
んのその軀のなかに

仄白く宙にとけつゝ消えてしまひさう辛夷の
はなの二三輪

ぴくにっく

微發泡性

微發泡性《ふりつあんて》ならそんなにおそれなくていい　と
いふのも迷信のやう

あゝけふもおなかのすいたトラックが停車し
て居りコンビニのP

よるの裡にそらをわたらひて來しもののうち
ふるへつゝ　びにーるぶくろ

空席はもはやなきに否應なく押しいだささる
プラネットから

のみならず踏むセシウムの。いまを履く安全
靴にしてもミドリアンゼンの

おのづから聞かれもせずてこたふなりびりや
うなりしと線量それの

ひどく疲れてるでせう作業員といふひとつこ
とばのひとの括りに

寒いし暗いしたすけて越列吉的爾はやくして
ええれきてる罹災の夜は

發光天使

ちひさなる發光天使つぎ〳〵と吊り下げながら〝疲れたわ〟といふ

〃まりあ！〃つて呼ぶ聲がして振り返る　あゝ
此のひとはまりあぢやあない

ぱちんぱちん

いまは空き家なるいへにおもむいて開けはなちたり窓といふ窓

のこりをる一輪咲けばなべて咲ききれると言
ひきかせにきゆりに

あまりにも花もちのいいのもあれで　そんな
のはすぐに剪りつめる

ぱちんぱちんそんなに向きになつて（ぱちん
ぱちん）石を擲げなくてもいいのに

窓鎖し燈りを消してちちははの元を去ににき
仄暗きなか

瞬くはあをいろのみの　もののみな消え果て
にけるゆふべの視野に

たてつづけに二七時間くりすますらいと見守
り疲憊のいぬは

アケルナルさがしあてむと夜のそらを巡りつづける飼ひ犬のよあひむ

小一時間ほどの

もはやいい濡れつぱなしでも放心にふる霰に
も氣付かずありし

めまぐるしく日々を濡れたり乾いたり　せん
たくものの　ひとも然う

触れたがる指はしあるを　一處に霰あつめむ
とするゆびの動き

かすかにも揺れのこりをる揺れ幅の　此の揺り椅子をたれかはゆらし

＊

氣力振り絞つて背なの撥條をぎいとぎいと巻
くそも後ろ手の

動力としての撥條と電氣と同じきに發情する
ものの〈べる・で・まりおねつた〉

してみれば特にそのおもひ強くありて惰けもの
なる〈べる・で・まりおねった〉

てれゞぃ

一二月三一日二〇時三八分左上テレヴィ畫面にテロップながる

山手線に脱線事故ありしといふが　ゆきまみ
れなる莫斯科近く

てれゔぃからいまする聲の、たまらなく淋しくなると切爾諾貝利《ちぇるのぶぃり》に

〝逃げ場なんてこれつぽつちもありやあしない〟アリョーシャは云ひ有吉村の

フラッシュのやうに挿入の棒アイスのおそら
くはベリイもどきの

だんだんと口中をする鐵物《かなもの》の匂ひあかがねい
ろのあいすきゃんでぃ

遁げ果せないかもしれぬ　くりむそんれーき
の川はおよぎたくない

もはや川岸に着きしともふに上陸のひととな
りておよぎやむとき

ぽけっとに石詰めながら溺れたがるてれゞぃ
のなかのえげれすのをんな

花柄の杖なるもののありと知りぬかたはらを
過ぐるナイロン卿に

研き粉に千年の間《あひ》を磨かれてややに失せにし
ひとの目鼻

背柱起立筋

公營のりすとらんてに飼はれをるはいま幾羽
なる濠のはくてう

二重橋超えてややいろがはりするものの若し
かしてひとのこゑの

強化硝子のばりあーのなか薄ものはふわつと
懸かり＊＊＊＊の背な

ゐやをするときのただしい斜角など記憶して
をる背柱起立筋

氣流

〈オザム〉過ぎ〈クロガネ〉過ぎてひとの名
をくろがねおさむ@と氣付く

刃物屋なる〈くろがね〉のまへは通らずてさりげなくする回り道なる

薄手なる毛のコート一枚のみ身にまとひをりしも殊更の

わたしをふるへあがらせる凮のいま吹き荒る
るむつきのむゆか

纖細な素麵のやう頒かれてはながれつづくる
氣流いくすぢの

それとも

聞こえつゝとぎれとぎれにたぶん雪の公園を
ゆくひとたちの聲

何をしてゐるのでせう　ひとの頭はつか移る
が此處より見えて

すこし戸を開けては見にしふる雪のいまもい
まがたもひと日のうち

夜半醒めてふり積みゐたるゆきなりし　朝ゆ
ふりつゝふり通ししに

なにながむるともなきにながくあはく窗邊を
ありて立ちつくすもの

ゆきいまし降りつみながら山頂きを措かれて
動くがいがあかうんたあ
ぱいろつとえらあにしても。ろしあより愛を
こめをるスノオデンなる

もちきたる雑巾に拭ひたりにける濡れなりし
なににか漏れゐたり

匣のなかをさまりてけるおとなしく身は差し
いだす二月の菓子は

夜の裡に賣れ盡くしてうつせみのこの現《よ》を終
へし菓子のいくつか

ふりしきる雪のなかをし佇めるえどわあど・
すのおでんの憂愁

中庭をなきをる鳥のいまゐるをもふあけがた
は半ばをねむる

はやくも起き出でたりしひとはする身繕ひの
ほかなにを　それとも

あない狀

せうひん展はきさらぎの末

奈良に棲ふ日本畫家より小品展のあない狀午后はきていうびんに

ひとたびもお目に懸かりしことのなきひとなるを簡單なおてがみを

簡單なおてがみひとに委ぬるをもひつつあり

ぬ　さきなることの

お魚を多くゑがきていまをあるひとなりしと
ふにほん畫家の

はおいでになりますか　と尋ぬるも（べつに
お目に懸からなくても）

コジマデンキ

凝りをる寒天*のなか向き向きにひとらは措か
れシースルーエレベーター

* vegetable gelatin

ひろびろとうちひろごれる眺めなる開口ちひ
さきこの窓のなか

まなさきに電波塔見え　おやゆびとひとさし
ゆびのあはひに挾む

その視力0・02といふ眼科醫が竟に已に爲
るレーシック

つまるところ體《み》のやはらかさですねえと解說
者言へりかたはらの

四階はあかりふろあでございます。白光るものあまた泛きゐる

木星のやうなひかりに照りいでて仄めくはにゅむぺーやも知れず

もとよりその住處によりへだてられしといふ
ニュムペーの

にゅむぱいの音してはひる領域のあないす・
にんはにほふ岩波文庫《いはなみ》

さながらコジマデンキの燈り屋のなぎさを覆
ふわかめわかめ

駐機

すうぅっと斜め下方へ奔りをる亀裂をなぞる
ひとのゆびはも

二つなるガラスのじかん流るるを鋳あるとき
と在らざるときと

はつかなる硝子の欹けのゆるせずてすぐに棄
てむとする小走りの

マンションのゴミ置き場なる一隅にけさは駐
機のスホイ24

薄められしミルクのやうないろなりし半透明
なるもののいろの

ややにややにその膨らみは増しながら育ちを
るなり炭カル囊

死に際を青白くひかる線蟲のいうびのさまを
おもふにつけ

長廊下はるは踏みつつぷろれたりああとはぷ
れぱらあとに近き

なかんづく背なに天使の羽ありしてふバカン
ティマウスの四月

ゆんで、めて、かたみに擦りあはせつ、羽の
銀ラメを零すメードは

〈小枝のしょこら〉

なかぞらをこし山鳩のくちばしは銜へをりにし〈小枝のしょこら〉

はかなかることとて嘴《はし》に銜へをるさ枝はなれ
て落ちにけるかも

小枝なるちょこれえとあまた束ねをる杳《とほ》くモ
リナガの森の杣《そま》夫《ふ》は

水筒とはるのお辨當と

さかんなる里のさくらと花時をたがへて咲ける山のさくらは

遅れし感じありて疎らにひらきをるはなの新
葉と新葉のあはひ

さくらなんてなんだか嫌ひ

沉いて待ちわぶるほどのことはなく〃あら〃
と過ぎてゆく傍らそれの

向かうにも在るよと言ひてさす指の　ゆびは
離れてはなびらに觸《ふ》る

なにかしらの采配はある地邊を頒くさくらの
樹々の配置にしても

この日頃聞こえずなりぬおもへるになにかの
鳥の聲のなか庭

水筒とはるのお辨當と。たづさへてゆきつく
處なる此れのよの

女優なるむかしイロナ・スタアラのぶろんど
を卷く花の輪はるは

あやしかることとゆふべ喘ぐごとランプ點い
たり點かなかつたり

まあぶる

つのさはふ大理石《マーブル》措かれ　なかにすつとおよ
びを入れてみるなりしつゝ

〃どうしたらいいの〃と訊かれ　とことはに
振り向いてゐるせうぢよの像に

〃頒《し》らない〃と・《どっと》のやうに應へにき彗星の尾
を曳けばいいのに

銀色圓鏡

鏡のなかいまあるひとの横貌の斯かる食欲ぎりしゃよおぐると

えとるりあのをんなは持てる手鏡は面輪映す
も少し歪んで

首に玻璃のネックレスあるは顔の無きをんな
のひとのなりふりに

銀色角鏡

何にしてもつね映り込む鏡なるしひて角度を
たがへてみても

少しのま鏡のなかを在りにしがそろそろとも
ひ其處ゆ出でける

櫛を置き忘れてしまひ若しかして今しがたま
でをりし鏡のなか

小暗かるテラスに出でてある時はからだの向
きを吾れは變へにき

行く先といへばなんでせう岬なる水仙岬は彼
處あそこよ

うゐすてりあ　&

通ひをる花やのことは知つてゐる黒光りする
輕トラにのる

あろんあろふぁにする接着の日曜の了はりと
月曜のはじまり　と

いま何を爲てゐるのかとひと問ふにすなはち
謂へりふりいいじあなる

糊の仕事についてゐるとふふ、り、い、た、あ、の傍ら
をあるふりいじあ　の

じふてりあてふやまひ持ちとは知らざるを況
いてあのふ、り、い、じ、あ、の

累累たり。ういすてりああまた垂るるじふて
りあつてふのもむりやりの

心底飽きる

こころ急くときのりいうのくだらなさ　どし
やぶりにならないうちに

うちつけにはつなつをこし雨脚のいそぎ日傘
は雨傘に換へて

小一時間待ちてをるなりひとをしもしづかに
壁に塗込めながら

すがのねの青き長椅子措かれある空間のなか
あをはくすみつゝ

こしひとの聖五月の口ぶりに語られし其れに
ついてのいきさつの

くりすますす以來かうんたあに措きつぱなしの
しくらめんに心底飽きる

いつも通りの　漆

此のアーチくゞり抜けてひとは出ではひるあ
さごとよごと

雨に濡れて今こしひとの肩のあたりあはくに
じみつゝ傘のしたたり

しとどふるあめのなか濡れてびしょびしょの
あのうぐひすを飼ひしはたれか

美しい住所のかたにお目に懸かる諏訪町湖畔
とありし名刺に

*

あてがひて肌へひやっとさはらるるこの心地
はも硝子玉　の

一重に、二重に首にまかれてははなやげるも
ものの一瞬の

あくがれのやう、接續とその切斷のあはひな
にも無かるゆゑよしの

さなかなり。手當たりしだい玻璃玉をつなぐ
さぎやうに脈絡はなく

これといつて覆すもののなかりしにまどへる
女作業員ある

あれこれいろあはせせずて爲る作業まゝるとは
せしをむらゝあゝの島の

思ひ泛くとふふしぎの池ゆ涌きいづるものの
ひまなくありにけるはや

ねむりをるさよなかの胸のうらがはに或はく
らくしづみてをらむ

*

地下鐵千代田線

木菓子の包み携へてゆくひとの今頃はめとろのなかをありなむ

いまらくにしてあげますからね　函のなか犇

めきあへるあまたさくらんぼ

＊

風なきに人も車も通らずてしづかなり夏旱する午後

夜の裡にそれはされにし。もはやなすすべはなきにゆりの制裁

憔悴のやうその身やうやつと支へをりしを花
器のかたはら

抱へ持つ花瓶の重さおそらくひとたまりもな
く斯かる重さの

散り了へし六枚はなびらの束縛のゆりのはな
より離《か》れしとおもふ

訃報告げられ受話器のゆびにまつはれるひと
の重さあるかなきかの

おはなにみんな隠したらよかつたのにゆりの
はなとかに手術痕

	著者名	書名	本体
131	日高堯子	**『日高堯子歌集』** 現代短歌文庫33	1,500
132	日高堯子歌集	**『振りむく人』**	3,000
133	福島泰樹歌集	**『焼跡ノ歌』**	3,000
134	藤井常世	**『藤井常世歌集』** 現代短歌文庫112	1,800
135	藤井常世歌集	**『鳥打帽子』**	3,000
136	藤原龍一郎	**『藤原龍一郎歌集』** 現代短歌文庫27	1,500
137	藤原龍一郎	**『続 藤原龍一郎歌集』** 現代短歌文庫104	1,700
138	古谷智子	**『古谷智子歌集』** 現代短歌文庫73	1,800
139	古谷智子歌集	**『立　夏』**	3,000
140	本多　稜 歌集	**『惑』**	3,300
141	前　登志夫歌集	**『流　轉』** ＊現代短歌大賞	3,000
142	前川佐美雄	**『前川佐美雄全集』 全三巻**	各12,000
143	前田康子歌集	**『黄あやめの頃』**	3,000
144	蒔田さくら子歌集	**『標のゆりの樹』** ＊現代短歌大賞	2,800
145	松平修文	**『松平修文歌集』** 現代短歌文庫95	1,600
146	松平盟子	**『松平盟子歌集』** 現代短歌文庫47	2,000
147	松平盟子歌集	**『天の砂』**	3,000
148	水原紫苑歌集	**『光儀（すがた）』**	3,000
149	道浦母都子	**『道浦母都子歌集』** 現代短歌文庫24	1,500
150	道浦母都子歌集	**『はやぶさ』**	3,000

	著者名	書名	本体
86	今野寿美歌集	**『さくらのゆゑ』**	3,000
87	三枝昂之	**『三枝昂之歌集』** 現代短歌文庫4	1,500
88	三枝昂之ほか著	**『昭和短歌の再検討』**	3,800
89	三枝浩樹	**『続 三枝浩樹歌集』** 現代短歌文庫86	1,800
90	佐伯裕子	**『佐伯裕子歌集』** 現代短歌文庫29	1,500
91	坂井修一	**『坂井修一歌集』** 現代短歌文庫59	1,500
92	佐佐木幸綱	**『佐佐木幸綱歌集』** 現代短歌文庫100	1,600
93	佐佐木幸綱歌集	**『ほろほろとろとろ』**	3,000
94	佐竹弥生	**『佐竹弥生歌集』** 現代短歌文庫21	1,456
95	佐藤通雅歌集	**『強　霜（こはじも）』** ＊詩歌文学館賞	3,000
96	佐波洋子	**『佐波洋子歌集』** 現代短歌文庫85	1,700
97	志垣澄幸	**『志垣澄幸歌集』** 現代短歌文庫72	2,000
98	篠　弘	**『篠　弘 全歌集』** ＊毎日芸術賞	7,000
99	篠　弘 歌集	**『日日炎炎』**	3,000
100	島田修三	**『島田修三歌集』** 現代短歌文庫30	1,500
101	島田修三歌集	**『帰去来の声』**	3,000
102	田井安曇	**『田井安曇歌集』** 現代短歌文庫43	1,800
103	高野公彦	**『高野公彦歌集』** 現代短歌文庫3	1,500
104	高野公彦歌集	**『河骨川』** ＊毎日芸術賞	3,000
105	田中　槐 歌集	**『サンボリ酢ム』**	2,500

	著者名	書名	本体
41	尾崎左永子歌集	**『青孔雀』**	3,000
42	尾崎左永子歌集	**『椿くれなゐ』**	3,000
43	尾崎まゆみ歌集	**『奇麗な指』**	2,500
44	笠原芳光 著	**『増補改訂 塚本邦雄論 逆信仰の歌』**	2,500
45	柏原千惠子歌集	**『彼　方』**	3,000
46	梶原さい子歌集	**『リアス／椿』** ＊葛原妙子賞	2,300
47	春日いづみ	**『春日いづみ歌集』** 現代短歌文庫118	1,500
48	春日真木子	**『春日真木子歌集』** 現代短歌文庫23	1,500
49	春日井　建 歌集	**『井　泉』**	3,000
50	春日井　建	**『春日井　建 歌集』** 現代短歌文庫55	1,600
51	加藤治郎	**『加藤治郎歌集』** 現代短歌文庫52	1,600
52	加藤治郎歌集	**『しんきろう』**	3,000
53	雁部貞夫	**『雁部貞夫歌集』** 現代短歌文庫108	2,000
54	河野裕子	**『河野裕子歌集』** 現代短歌文庫10	1,700
55	河野裕子	**『続 河野裕子歌集』** 現代短歌文庫70	1,700
56	河野裕子	**『続々 河野裕子歌集』** 現代短歌文庫113	1,500
57	来嶋靖生	**『来嶋靖生歌集』** 現代短歌文庫41	1,800
58	北沢郁子	**『北沢郁子歌集』** 現代短歌文庫37	2,000
59	紀野　恵 歌集	**『La Vacanza』**	2,500
60	紀野　恵 歌集	**『午後の音楽』**	3,000

砂子屋書房 刊行書籍一覧（歌集・歌書）

平成27年6月現在

＊御入用の書籍がございましたら、直接弊社あてにお申し込みください。
代金後払い、送料当社負担にて発送いたします。

	著者名	書名	本体
1	青井　史	**『青井　史 歌集』** 現代短歌文庫51	1,500
2	阿木津　英	**『阿木津　英 歌集』** 現代短歌文庫5	1,500
3	阿木津　英 歌集	**『黄　鳥』**	3,000
4	秋山佐和子	**『秋山佐和子歌集』** 現代短歌文庫49	1,500
5	秋山佐和子歌集	**『星　辰』**	3,000
6	雨宮雅子	**『雨宮雅子歌集』** 現代短歌文庫12	1,600
7	有沢　螢 歌集	**『ありすの杜へ』**	3,000
8	有沢　螢	**『有沢　螢 歌集』** 現代短歌文庫123	1,800
9	池田はるみ	**『池田はるみ歌集』** 現代短歌文庫115	1,800
10	池本一郎	**『池本一郎歌集』** 現代短歌文庫83	1,800
11	池本一郎歌集	**『萱鳴り』**	3,000
12	石田比呂志	**『続 石田比呂志歌集』** 現代短歌文庫71	2,000
13	石田比呂志歌集	**『邯鄲線』**	3,000
14	石田比呂志 著	**『長酣居雑録』**	3,500
15	伊藤一彦	**『伊藤一彦歌集』** 現代短歌文庫6	1,500

110	百々登美子歌集	『**夏の辻**』＊葛原妙子賞	3,000
111	外塚　喬	『**外塚　喬 歌集**』現代短歌文庫39	1,500
112	中川佐和子	『**中川佐和子歌集**』現代短歌文庫80	1,800
113	長澤ちづ	『**長澤ちづ歌集**』現代短歌文庫82	1,700
114	永田和宏	『**永田和宏歌集**』現代短歌文庫9	1,600
115	永田和宏	『**続 永田和宏歌集**』現代短歌文庫58	2,000
116	永田和宏ほか著	『**斎藤茂吉—その迷宮に遊ぶ**』	3,800
117	永田和宏歌集	『**饗　庭**』＊読売文学賞・若山牧水賞	3,000
118	永田和宏歌集	『**日　和**』＊山本健吉賞	3,000
119	中津昌子歌集	『**むかれなかった林檎のために**』	3,000
120	なみの亜子歌集	『**バード・バード**』＊葛原妙子賞	2,800
121	西勝洋一	『**西勝洋一歌集**』現代短歌文庫50	1,500
122	西村美佐子	『**西村美佐子歌集**』現代短歌文庫101	1,700
123	二宮冬鳥	『**二宮冬鳥全歌集**』	12,000
124	花山多佳子	『**花山多佳子歌集**』現代短歌文庫28	1,500
125	花山多佳子	『**続 花山多佳子歌集**』現代短歌文庫62	1,500
126	花山多佳子歌集	『**木香薔薇**』＊斎藤茂吉短歌文学賞	3,000
127	花山多佳子歌集	『**胡瓜草**』＊小野市詩歌文学賞	3,000
128	馬場あき子歌集	『**太鼓の空間**』	3,000
129	浜名理香	『**浜名理香歌集**』現代短歌文庫77	1,500
130	浜名理香歌集	『**流　流**』＊熊日文学賞	2,800

64	久々湊盈子	**『久々湊盈子歌集』** 現代短歌文庫26	1,500
65	久々湊盈子	**『続 久々湊盈子歌集』** 現代短歌文庫87	1,700
66	久々湊盈子歌集	**『風羅集』**	3,000
67	久々湊盈子 著	**『歌の架橋　インタビュー集』**	3,500
68	葛原妙子	**『葛原妙子全歌集』**	9,500
69	栗木京子	**『栗木京子歌集』** 現代短歌文庫38	1,800
70	桑原正紀	**『桑原正紀歌集』** 現代短歌文庫93	1,700
71	小池　光	**『小池　光 歌集』** 現代短歌文庫7	1,500
72	小池　光	**『続 小池　光 歌集』** 現代短歌文庫35	2,000
73	小池　光	**『続々 小池　光 歌集』** 現代短歌文庫65	2,000
74	河野美砂子歌集	**『ゼクエンツ』**	2,500
75	小島ゆかり歌集	**『さくら』**	2,800
76	小島ゆかり	**『小島ゆかり歌集』** 現代短歌文庫110	1,600
77	小高　賢	**『小高　賢 歌集』** 現代短歌文庫20	1,456
78	小高　賢 歌集	**『秋の茱萸坂』** ＊寺山修司短歌賞	3,000
79	小中英之	**『小中英之歌集』** 現代短歌文庫56	2,500
80	小中英之	**『小中英之全歌集』**	10,000
81	小林幸子歌集	**『場所の記憶』** ＊葛原妙子賞	3,000
82	小林幸子	**『小林幸子歌集』** 現代短歌文庫84	1,800
83	小見山　輝	**『小見山　輝 歌集』** 現代短歌文庫120	1,500
84	今野寿美	**『今野寿美歌集』** 現代短歌文庫40	1,700
85	今野寿美歌集	**『龍　笛』** ＊葛原妙子賞	2,800

20	上村典子	**『上村典子歌集』** 現代短歌文庫98	1,700
21	魚村晋太郎歌集	**『花　柄』**	3,000
22	江戸　雪 歌集	**『駒　鳥（ロビン）』**	3,000
23	王　紅花	**『王　紅花歌集』** 現代短歌文庫117	1,500
24	大下一真歌集	**『月　食』** ＊若山牧水賞	3,000
25	大島史洋	**『大島史洋歌集』** 現代短歌文庫11	1,262
26	大辻隆弘	**『大辻隆弘歌集』** 現代短歌文庫48	1,500
27	大辻隆弘歌集	**『汀暮抄』**	2,800
28	大野道夫	**『大野道夫歌集』** 現代短歌文庫114	1,600
29	岡井　隆	**『岡井　隆 歌集』** 現代短歌文庫18	1,456
30	岡井　隆 歌集	**『馴鹿時代今か来向かふ』（普及版）** ＊読売文学賞	3,000
31	岡井　隆 歌集	**『家常茶飯』**	3,500
32	岡井　隆 歌集	**『銀色の馬の鬣』**	3,000
33	岡井　隆 著	**『新輯 けさのことば Ⅰ・Ⅱ・Ⅲ・Ⅳ』**	各3,500
34	岡井　隆 著	**『新輯 けさのことば Ⅴ』**	2,000
35	岡井　隆 著	**『今から読む斎藤茂吉』**	2,700
36	沖　ななも	**『沖ななも歌集』** 現代短歌文庫34	1,500
37	奥村晃作	**『奥村晃作歌集』** 現代短歌文庫54	1,600
38	小黒世茂	**『小黒世茂歌集』** 現代短歌文庫106	1,600
39	尾崎左永子	**『尾崎左永子歌集』** 現代短歌文庫60	1,600
40	尾崎左永子	**『続 尾崎左永子歌集』** 現代短歌文庫61	2,000

投光器

あしひきの人形峠をめぐるてふツアーなるも
實はありなしの

この邊り嘗てうらん鑛床ありしといふが人形峠鑛山

あゝなんて愛《お》ら《ぞ》し《ま》い《しい》なまへなの！　うらん鑛なりし〈人形石〉の

〈にんぎやういし〉手のへを在るをおのづか
らかがやき出でるうらんのひかり

ひとの、のみならずひとのほかのすつかりと
うらんまみれなるは

さしせまりにつ、何かの病巣のあることのわ
たしにはわからない

破砕のゆめみにつゝいまも措かれあるうらん
がらすのうらにうむいろ

仄光る二つまなこをひろふなり行くうちにその隅《くま》なるところ

なにを見しまなこなりしか明るみへなげうつものの投光器なる

くりすたるまなこゐなればめぐりをる夏おほかたはなづきのなかを

こんなにも夕を明るいテラス

一瞬を照り出だしたる⚡⚡⚡⚡《いなづま》の　白く明る

くかがよふじかん

撃つて！　否、撃てば！　とむねを差し出だ
すそらの瞟みと對かひあひつゝ

全身を擲げだしていまをふるあめに打たるる
はかるいげんさう　の

ざんとふる雨のゔぇらんだ素足にてする清掃
の氣兼ねなきに

拭はるる蹠なりしいま清潔なる白いタオルに
てあらひたての

洪水の室内畫

何處といつてゆく宛はなく、おろしたての沓
にあゆめるフロア二三歩

足首にむすびたりにし靴紐のゆるみを測るゆび差し入れて

屈まりて拭ふ泥なるぬぐひつつ不圖も見えにき洪水の室内畫

しるえっと

遠花火見につゝ吾れとひとたちと同じき方に
目をやりてゐし

花火稱ふるその聲のあるのみにひとたちのま
たき暗がりのなか

未だしもそらのうらがはをとどこほる千の花
火の。ぶつかりあへる

PZ

PZを焼く禾《くわ》本《ほん》草《さう》原《げん》　象印レンジの奥を地平
線ある

ＰＺがめええええええええええー　と啼く批
評家のヤギ氏のすべて

ＰＺがめええええええええええー　と告るヤ
ギ飼ひの荒野をか在る

若したれかが罠を仕懸けてもヒナゲシはやは
らかいからもたないでせう

切れあぢよきscissorsのやう　ひなげしのそのは
なひらの鋭き切れ込みの

にじみをる血をしふふめる人肌のいろとも見
えてながみひなげし

*

あたらしい烏克蘭《うくらいな》にゅーすそのなかをひとの
姉なるなまへは出でぬ

（ムイコラーイウ、イリイチェフスクに一致
するウェブページは見つかりません）

烏克蘭ゆもどりきたりし鳩なりしくちなしいろの書簡箋なる

風かや

夏物を蔵はむとしてだるい午后なあんにもせ
ずて過ぐる晩夏は

風かや　いまふつと涼しい風がはひつてきて
おもてから

ほんの少しあいた窓からなにか知ら動く氣配
はしにつゝ　ねむる

なつかしいかなかなは啼く聲はしてゆふは聴くなりいめのかなかな

さりげなくはひり込まむとする秋の夏のさなかを沉いて半《はん》身《み》に

啼きたくてたまらない唯それだけのかなかな
の氣持ちのもちやうつて

この徑をゆくととほくのはうゆけるをおもへ
るのみに佳い氣もち

このみちの果ては崖にてゆくときはなんてう
つくしいゆふぐれの迪

虎標萬金油

篁ゆいまし出でにけるタイガーの逃げまどふ
なり國をへだてて

清の藥草商人胡子欽は胡文虎と胡文豹に傳へ
にし製藥法の

薄荷脳と樟脳とふふむ成分の成分表に見入る
眼居

晩夏なる夜のいめのなかまよへるをたいがあ
ばあむがあでん明かし

篁は風にたはめるアトリエのなかありて爲る
李なりしなり

秋のれしぴ

みなしたふちひさきおいるさあでぃんの整列
するはプルトップ罐のなか

おさかなの頭はそろふ整列のあさの點呼のま
へなるやうな

回りつゝさらだすぴなあ　これのよのほかへ
と飛べる千のみづたま

滌ひたての青菜ざくざくすぴなあに仕懸けて
飛べり　なにが　水分が

たたなはるぷりーつれたすの縁かろく摘まみ
あげむとしにつゝ指は

絲雨のやう

ゆびとゆびそれのあはひをしどけなくくゞれるしなのあはれ葛切り

たわゝなる生る實をかぞふ。わわわわと〈わ〉の實指しつゝ頒からずなりぬ

灰と雪と

九月二七日　御嶽山噴火

いまをふる灰とほどなくふりてこむ雪とまぎるれそらなるじかん

おんがく

うたふやうさやうならと言ひ　わけなしに顯
ちあらはるる音樂記號

さやうならとでぃみぬえんどに言ひながらく
らくらとせり明るかるなか

さやうならの音のなかひそみありし。。。す
なはちお鳴らしふふふ

＊

朝は目覚めて直ぐにしもつねおもひいたることの　もひてかなしも

埃ふはふは秋のフロアにふりにつゝひかりの
なかをいくせんまんの

流レテハキエ消エテハナガレ

白にごる湯のなかしづめうつしみは在りて在
らざるやうな　う　つ　し　み

おのづから漕ぎをる手なるさやさやとさやさ
やと胸つ邊をよる波がしら

水晶體にぼんやり映るくりみあの　流レテハ
キエ消エテハナガレ

ヤルタにてわるゝつゝ奏づるぽくろんすかやの無
音なりしそれの樂音

キャッシュディスペンサア

驛前のきゃっしゅでぃすぺんさあ目懸けて奔る奔るようさりつかた

このやうに身をさらすのもお化粧も著替へも
せずて風は吹くなか

小暗かる道ゆくうちになにか斯う吾れのやう
なるものの先立てり

それでも仄明るかる驛の邊り富士見通りをゆ
くうちなりし

酸素

二十九日のけふは忌の日にてははの　霽れわたりてかの日のやうに

斯く青いそらのもとにてもいまを歿にゆくも
ののあらむはゆめのやう

いまといふじかんの奥をふふみをる未だ見え
ざることごとの怖いわ

西方ゆとどくひかりのこんな奥にまでふろあの　晝下がりなる
薄手なる綿布に映るやう〳〵のものの影なる風あればゆる

ゆきどころなきに曲がれるひかりなる。　ふろ
あの縁をゆきつきてより

まぎれありしはけふなる夕刊のなか遠きじか
んと近きじかんと

夕刊の紙面傾いではら〱とひとのなまへは
零れきたりぬ

水を汲むをんなはうつるちひさなる黒白寫眞
統治時代の

人質にいまあるひとは斯く名乗りをりしといふが　ジョン・キャントリ

あをぞらゆふりくる薔薇のフミ子さんのさびしいきおくてれゞィのなかの

夕餉なるおでんは白いものばかりなりちくわ
ぶとすぢとはんぺん

たくなはのたまのを泥いてねぬなはの長いれ
きしは貫く竹輪

眞空のパックひらかるる一瞬を逃さずてさつと入りこし酸素

ぴくにっく・ゑ

ぶるううぃろう

しゅんぽしおんならで朝夕措かれありしささ
やかなるひとの餌

けふといふこの日齋されしもののわれの餌《ゑ》な
りし少しなるもの

酢醤油と少しへだてて生醤油と　皿のおもて
を覆ふゆふぐれ

まんなかにwillow*そらにはことり措く皿の小舟
にひとは漕がざる

＊weeping willow

あまぞんにする注文のなにか知ら急ぐおもひ
のなか〈黑背本〉

誘きよせられしやうに往く秋はぶるううういろ
うの小路をはひる

放心

たびびとの如旅支度してゆりの花瓶の水をけふは換へにゆく

あからさまにはなびらひらき放心のゆりなり
しなり花瓶のなか

はひるなりみちみちてをるにほひなるさよな
かにてもゆりははたらく

此處は工場なればぱるふぁむの　さよなかを
驅動してをるわたしは女工

ぴくるす工場

もるぐのやう色褪せしみどりいろの乳酸發酵
するぴくるすの

それでいてなにか離《か》れがたきぴくるすの脳内
遊戯瓶内感染

つゆしもの菊まつりなるぎゃるりにてひとは
往きかひ二分の近さ

白を黄をむらさきほかを咲き頒けてをりにし
を菊のけなげのほどの

菊まつりの菊のちかきに見につゝを杳たりし
まなざしの向かう

菊のはないくせんまんの咲けるこの畫像のな
かを引きこもるもの

忌のはなのやうな菊なりしもなかをあるぽむ
ぽむ菊の菊のぽんぽん

☆☆☆☆☆嘘つかない

鮎屋のものけふは賜りぬ

鮎屋てふそれの屋號の謂れとや仕懸けをはら
み川のほとりに

川のながれゐがくに幾本もの線分はひかれ
つゝ地圖のなかなるかはの

線陰館でしたつけよくおいでに、　たしかあの
鮎屋のとなりの

みづいろの川はおよびになぞりつゝ川下りす
る星ふるなかを

摑みとらむともへばつかめさうなる壘々の
ゆら〱とゆるよるのふねなる

のりながら夜の舟のなかぱつと手に摑みしも
のの壘かなにかの

命乞ひしてゐるやうな絶え〴〵にきらりきろ
りと息衝きながら

乗り繼いでのりついでゆく夜のそらの切符は
いらないよとふ驛員の

斯うしてゐられるのもやさしい驛員さんのお
かげ　夜《よる》驛《えき》の

いつの間に着岸はせし舟なるともひにつゝ此
處はときおのまなか

黨派を超えてひと貶しめる聲ごゑの　もふに
つけそれについての

この邊りことのほかしづかなりしを云ひぬS
さんたら流涕の

當然逃げだしたのもゐるといふが　いんでぃ
あん嘘つかない

此處異星なり

きのふいとかにあるでせうあの黑つぽいつぶつ
ぶはある信號機の

踏みいでてはいけない　燈りをる青信號の
此處異星なり

えかてりんぶるく時間

一面をおれんぢいろのひかり射すえかてりんぶるくあやしきろかも

ひさかたのそらを閃光のえかてりんぶるく時間九時二十分二十六秒

しと〳〵とえかてりんぶるくを降る雨の　え
かてりんぶるくに行つたことはない

そらあひの降りみ降らずみまよひをるべらず
みどすかやのやうに

かたはらのをんなのひとは指揮者のたぶん妻
にて　すゔぇとらあな

ひとを然も見知らぬやうに再生の畫面にて見
き。雨はふる日のことの

あうらうらあ

行き先をひとにたづねてゆきさきはかなたと
言ひしやまのひとはも

ひくひくと一處葉は搖れにつゝあなふしぎな
る風の采配

あそこには妖《えう》精《せい》がゐる葉の裏をめくつてみて
こはがらないで

捲りつゝぱらりぴらりとその裡に飽きて頁は
めくり了はんぬ

豫々充溢はいやなり頁繰るたびごとに脱ぐは
なにかしらの

二月がほどまへなることあうらうらあそのと
き見にしあしたはやきに

八手、にしてもふかく切れ込みのあるは氣持
ちよきゆびの間

えあーたおるの轟音のなかうごきをる十指お
ののおのの菟葵《いそぎんちゃく》の

はやさかあ

こののちをとてもかうてもかみさまあ悪寒し
につゝありてゆふさり

たうとつにあらはれいでし早坂と名乗れるひ
との　わけは知らざる

あしのねのよるを往きつゝ　はやさかあ、は
やさかあ、の聲はし聴こえ

なにゆゑに嗜眠にしづむ早坂の　とおもふも
消えにたり二三分にて

あたらしいれしぴを待たむひさかたのひかり
は夜の壘よりか來む

あたらしい呼び名があたえられてゆく　きらめくやうなもやし料理へ　笹井宏之

新しいレシピのもとに寄りあへるひととひと
と廣場にありし

さむいわ　と言ひながら一部屋ごと開け閉め
をするひととなるわれは

2ℓ充たす水なるぺっとぼとるの　なゐにそ
なふるもなにか氣恥づかしく

ぴくにっく

〝タダイマ〟〝オカヘリナサイ〟ここはどうやら現實のやうです

ボッティチェリの天使のやうなせうぢよらは
するピクニックなる日の裡に

ぴくにっく日和の此の日をののきてふくろに
つめる茹で卵ほか

の　ほかにばななとか　持ちきたりけるせう
ぢよらの　藤籠のなか

カスエラの土鍋のなかに白き粥いまゆつくり
と炊かれつゝあり

弱火にてあたためられてゆきながら使ひはじ
めなる土鍋の

よしもと氏のれしぴをもとに煮込みをる鍋ゆ
たちのぼる湯氣をみてゐる

泡沫《うたかた》のなかより濟《すく》ひいだしたる一匹のリス。
リンス・イン・シャンプー

このうへなくうつくしい未だ書かれざるもじ
のことばのあんふぉるめるの

けふのみかあすあさつても今様のくれなゐう
すきゆるしいろなる

でせえる

もはや朔日と時速にして數《す》千キロのすきなだ
け爲てゐればいいでせう

まかろんあがなふとあのMがついてきて凄く
鬱陶しいすごく

〈ぷれりある〉に豫約したりしまかろんのお
ねいさんあまた行進しつゝ

ほの明かき今宵は食《たう》ぶでせえるのうらんけー
きと名乗るけーきを

うらんちやんがおやつに食ぶうらん入りうら
んけーきなる菓子工房の

五反田のあまんどぢやないあーなんだの拉げたうらんけーきをどうぞ

偶然のやうに見失ひ、みうしなひしことの美しさにかまけてをりぬ

終電の疾つくに過ぎてあけがたは跋扈する豚がをるらしあまた

ラバーダックてふもののうみに泛きゐるを孤り遠巻きに見てをるものの

砧のはう

若し彼處にはひれなかつたらためらはず〈砧のはう〉にゆきませうね

黑鉛色《ぐらふぁいと》のゴジラのくさい胯座をくぐりて來た
る此處三叉路の

蒸し蛸と酢蛸とまよひ　果てなりし一二月
の。切羽つまつて

〝たまごやき購ってきた？〟ぺら〳〵のフー
ドパック入り卵焼き　ストアの

しなだゆふよるささなみのあま野川を超えて
近くのエスモールまで

けさ目覺むるははやくにてそれは明けはじめ
の頃にて未だあけざる

華倫海特氏

放り擲げしやうにふろあにきのふ日暮れて急ぎあがなひてこしものそれの

ほら、なかに綿のやうなのがあるでせう此れ
ははじめに除けてしまふの

ぴーらーに皮剝きながらややにややにうすあ
をいろの顯現はみき

ほど佳かるおほきさにみゝは切り頒けてゆきな
がらあゝあなとみあめく

滾りつゝつとうめいとなるトウグワなる　こ
の先つてこのさきつて

たまかぎる夕餉のオカズとなるがいい。おも
ひてもおもひつかない味の

＊

或いはねむりのなかをありし。午前四時突き
上げられて直ちにつけぬ

何もなきに音沙汰の　なゐののち幾許かすぎ
にしも未だうえぶに

菊坂のなかほどをある料理やのとあるひみつを通り過ぎにき

菊坂をくだる此處とて兩側にぽむぽむ菊のさきてみだるれ

めくるめくやうに咲きをる冬咲きのぽむぽむ
ぎくのいまを流行れる

大凡は巷説のやう胸元はかきあはせつゝ風に
あらがふ

寒いのか寒くないのかわからない温度計なる
華倫海特《ふぁあれんはいと》氏の

ひらり

てらすに出でていまを聞こゆる轟音のなにも
見えねどたぶん空のはう

あの調布飛行場よりひらいして未知の名簿を
みてゐるらしも

去にゆけるドローンの機影感じつゝ　かのみ
っしょんは未了としるす

灰いろの鳩はひらりと降りたちぬ水飲み場と
まちがへたんでせう

ルート

然にあればあはれ庫内にのこりをるゼロカロリイののみものばかり

きのふなる一月五日をおもひつゝをるに（六
日のけふ、えぴふぁにい）

くまに遭遇したりしとちさき熊に齋ひ菓子《がれっとでろぁ》の
なかを冬眠の

身代金としてにほんこくに發信の72時間以
内に2000000本の人参

あらゆるルートをさぐるといふが、らすかる
國への飛行ルートさへも

道のかたへ置かれありしはひとらしいものの
かたちの　だからといつて

恐るおそる遠巻きにして覗き込むひとびとの
みな前屈みなる

おとうさまおかあさまはする佇まひのあなし
づかなる其のものごしの
（寄る道の傍ら方のあのかたのおなまへはな
んとしておきませう）

れきし繙きて重すぎて支へきれずにたふれこむなりふろあのへ

荷崩れてそこらひろごる荷造り用ＰＰ紐のあはれ結び目

ゆふべにはまたく覆り

〃今夜は満月なんですつて〃生返事しにつゝ
直ぐに忘るるこころ

天氣豫報どほりともひしまらくはありし朝
の裡なるけふの

朝におもひしことごとのゆふべにはまたく覆
りそれも佳かると

あをあざみ

見るほどにその色と象とややにうつろひてゆ
きながら青痣の

重力に下へ下へと咲き至るあはれ撲ち身なる
青痣　の
滲みつゝ青痣のその縁淡くあはくなりゆける
はきのふけふ

おとがひをひと時ありし青痣の重力に押しい
ださるるやうに消えにき

あをあざみ取除けようと焦れてはだめしづか
に待つてゐるのよ席で

今しがた窗に夕陽は射しくるをなにかあかる
くなり果つるこころ

やすらかなる寝息にねむる吾れをみぬ鎖され
し窗の外を仕るわれは

ぴくにっく　川﨑あんな歌集

二〇一五年十二月一七日初版發行

著　者　川﨑あんな
東京都世田谷區成城三―四―三―二〇三（〒一五七―〇〇六六）

發行者　田村雅之
發行所　砂子屋書房
東京都千代田區内神田三―四―七（〒一〇一―〇〇四七）
電話　〇三―三二五六―四七〇八　振替　〇〇一三〇―二―九七六三一
URL http://www.sunagoya.com

組　版　はあどわあく
印　刷　長野印刷商工株式會社
製　本　澁谷文泉閣